U0048198

著　毛驢

二〇二二年‧夏末——

成為業餘作家的第四年，在眾人幫助下，終於有幸出版第一本作品。

非常感謝！

在進入正篇之前，先把時間稍稍倒回。

恰鏘♪
恰鏘♪
♪

是的，本書是描述一位——

推開

到截稿日前四個月
還想不到要畫什麼
的男人——
睫毛子（26歲單身）
愚蠢的故事。
甜笑
想
哎呀不小心
拍子miss掉了
睫毛手殘殘！
耶嘿★
咚！
拖稿必殺
你家編輯在你後面，
她非·常·火·喔♥

★ 睫毛子無慘！★

…還有閒情逸致打電玩呢！決定開天窗了嗎？

等、等等 聽偶解釋 搭拉大能…

是年輕美麗的莎拉大人 ❤

晃

當時開會可是你自己信誓旦旦的說「來畫當兵吧」！

可是你根本就沒看到你動工嘛！究竟怎麼回事你給我解釋清楚！

呃…

因為當兵故事我幾乎都在網誌上講過了……

而且又不會受到女孩子歡迎。

哈？不畫你怎麼知道不受歡迎？

為什麼？當兵不是你喜歡的題材嗎？

這傢伙畜生不成？！

哈哈

因為我膩了。

超令人焦躁的。

女孩子根本聽不懂。

我就說吧。

那我問妳，吃飯時一直講當兵史的男人怎麼樣？

7

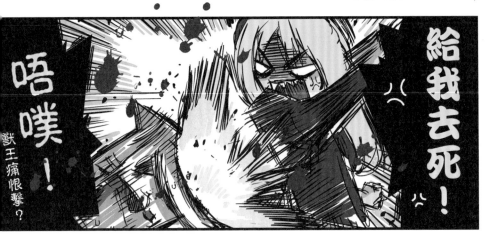

老媽我想當爽兵！

給我去死！

唔噗！

獸王痛恨擊？

該死的水獺…

老娘對你的個人美學沒有興趣，想活命就給我乖乖畫。聽到沒？

素♥

眞摯的愛情故事。

絕對吃得開！

學、學長…

…肥皂…

這樣變成只有女生想看啊！

可、可是我還是很擔心女性讀者看不懂耶…到時候怎麼辦？

簡單啊！你就多畫一些…

8

主、主編大人？居然擅闖民宅！

妳不也是？

哼…莎拉，妳的認知太讓我失望了…真正的當兵…

誰？

抽

啪咚

太天真了你們這群傢伙！

而且劇情有夠老套！現在都用沐浴乳了啦！

哼有萌就好！

沒差啦！

激！○兄貴

用肉體培養出來的靈魂與友情！

互相扶持、生死與共，

是同袍之間共患難，

士官長！

Jackie的裏弓…

所以應該要畫滿滿的肌肉！

那叫做港漫吧？

主編大人您對當兵的認知也錯很大呢。

G

哼不能怪我啊！誰叫現在的作品沒有萌就賣不出去？

就跟蔬菜有蟲咬就沒人買一樣。

才沒那回事…

呼

社長

我決定要加入志願役學姐學妹的故事！

所以為了避免這本書充滿一堆臭男人的汗水，

而且還有我親愛的編輯莎拉大人，帶頭犧牲色相的██解帶、寬衣解帶畫面喔❤

硬擠

哈哈哈哈哈哈！

當然！從新訓到教召的這些點點滴滴，

也全部都會收錄在書裡面！

圖片僅供參考

是吃小魚乾啦大白痴！

銀杏是吃記憶的啦！

……嘖，莎拉妳怎麼動不動就發脾氣咧？多吃銀杏好嗎？

對不起我是亂說的啦！這是可愛的小玩笑…咕喔！

等、等等～說好不打臉！我靠臉吃飯的～咕噗喔～

很抱歉，不會有編輯寬衣解帶的劇情。

老實說我還挺想畫的(慢著)。

11

眾星拱月之各方推薦序

（依姓名筆畫排列）

千萬不能得罪之睫毛子衣食父母 伊諾克

當兵是很多男人共同的回憶，除非你沒有小雞雞（但很多有小雞雞的也沒當兵就是……），在部隊中，有苦、有樂、有歡笑、有淚水，至今我仍懷念大夥一同刺槍、唱軍歌的日子。兵役不見得會使每個人成長，但絕對是生命中重要的一段，希望睫毛這麼有趣的呈現方式，讓大家更懂得男人流血又流汗的辛酸！

「老媽我想當禿子」NO.1 人氣女角 沛子

「要求完美到吹毛求疵的胖水獺。」
這是我對睫毛子的唯一注解！
當你翻開這本書，只想不斷的看下去！
對於當兵這件事也會有更深一層的體悟(？)
所以各位，盡情享受吧！

地表最強種族的超人氣親子圖文作家 泡菜公主

　　睫毛終於出書啦～！！而且這次出的竟然是軍中故事！蝦咪！一定會大賣的！

　　我本人也一直是睫毛的忠實讀者，每次讀睫毛的圖文都會讓人有意想不到的笑點，總是讓人捧腹大笑，畫風又精緻生動，誠心希望書賣到 10 萬本以上，到時候就公布雄美的照片吧！（愛心）

睫毛部隊菜兵救星　神人輔導長

　　睫毛，跟所有臺灣男生一樣，頂天立地、雄壯威武的服完兵役，他同時也是我所見過，最認真負責、刻苦耐勞的政戰文書。

　　富有美術天才的他，竟然可以把一個嚴肅、枯燥的軍旅生活，畫得既生動又有趣。

　　而他這本作品《老媽，我想當爽兵！》一書中，就把當兵的男生表達得栩栩如生。無論你（妳）是曾經當過兵的人，或者「準備當」、「正在當」或「已經當完」兵，都千萬不能錯過這一本史無前例的經典漫畫！

小太陽戰隊-超人氣豔星圖文作家 盧小桃

好鐵要打釘，好男兒要當兵，
就算你沒當過兵也不能沒看過《老媽，我想當爽兵！》
不只男孩，連宅女少女也會愛不釋手的好書。

作者序

各位讀者大家好(´･ω･`)
我是**強尼‧戴普‧奧蘭多布魯睫毛子**（撥秀髮）

雖然技術不足，但還是靠很多人的幫忙出了這一本書，
最初跟編輯部討論的重點，就是希望不只是男人，
一定要連女孩子看完都能開心才是最理想的！

所以裡面出現了一些專有名詞，
但我們盡量做了簡化，希望女孩子也能夠順利閱讀！
如果最後是那樣的話就太好了！

最後，感謝大家購買這本書，
感謝的心情無法用任何話語來形容，所以只好請大家

都跟我結芬(´･ω･`)

〔都成為我的翅膀吧！〕

Thanks !

時報出版社 & 全體 STAFF

我的老闆大人‧伊諾克

協助我完稿的助手‧希德格

每一位敢幫我寫推薦的勇者們！

我的肝！

我的手！

我的腦！

網路上忍受我緩慢更新的讀者！

And You !

然後，我要特地感謝跟我一起奮鬥了這麼長時間的編輯‧莎拉大人！感謝妳一路包容我的任性與龜毛，如果妳最後能被這本書所感動而跑去從軍簽志願役，那我一定會感動到痛哭流涕。

所以請達成我的願望吧

第一菜
狗便便般的尊嚴之
新訓 & 二訓篇

39 入伍了！
43 營區最強·髮婆大人！
45 人品爆發
47 國軍配給品的品質
49 地獄殺人魔！
51 慢慢來沒關係！
52 豆腐被
54 用餐標準作業程序
60 注意！注意了還動啊！
67 誰說班長不能天？
70 媽的！扔地瓜啊！？
74 千山鳥飛絕，萬金人蹤滅！
80 自走式臺灣地圖

PRO
命運絕對不要交給別人之
行前篇

21 睫毛家世世代代都是將軍！
24 堅持自我的男人
30 命運不好玩！
34 選舉前的民代

番外篇
中獎一次就會變常客之
教召篇

157　萬事都搞定！
160　教召早到的好處！
165　帥哥不會卍解！
170　教召學長的恩賜！
172　警衛連最強王者！
180　That's Party！

第二菜
混吃等死完全體之
部隊篇

89　下部隊了！
90　妳不懂啦！
92　緊急召回！
95　這禮拜妖八還洞八？
99　當兵命運的分歧點！
107　老鳥黑白來，學弟要自愛！
109　稍待片刻 ♥
112　DLC 特別任務！
115　國軍，果農永遠的好朋友！
118　葡萄乾！
120　豆腐湯！
123　你的問題不是我的問題！
129　女生當男生用，男生當畜生用！
133　跟老子簽下契約
135　精神起肖週！
136　學姐的天下霸道之路！
139　當兵兩三年，水獺賽貂蟬！
143　待退弟兄八字輕！
147　一分鐘待命班！
151　唉油？開始擺老了餒？

content
!

別再相信沒有根據的說法了。

哼！外行人就是外行人！當兵怎麼可能只做那些事情？

男人很討厭女孩子說當兵很爽的！

欽？不是嗎？

當然不是！要做的事可多的咧！

還有最重要的——

嗡嗡

沒事就割草！！

牙刷刷地板！

通馬桶！

做應付長官用的假資料！

比如說：擦皮鞋！

折豆腐被！

如何？還敢說我們

當兵很爽嗎？

其實你們是環保局吧？

睜玩笑的啦！

Haaaa！那些真的只是漫長軍旅生涯的一小撮啦♥

要說到苦悶生活真的是一狗票呢！

……

有女友的人，必須要忍受分隔兩地的痛苦。

有時候還會碰上演習，

噗咻─！

或是高裝檢。

甚至還有移防下基地、

專精訓練……等等重視耐力壓力的考驗。

但是以上我統統我統統

沒遇到！

科科

快承認你是爽兵吧。

不起我是爽兵。

20

★ 睫毛家世世代代都是將軍！★

大約在學校快畢業前，每位男性大都會收到體檢通知書。

並前往指定醫院進行一連串體檢。

話說入伍前你們都需要去做身體檢查吧？

上面寫的

從軍流程

哦哦？終於要談這個了嗎？沒錯喔！

但由於是一整個城市的規模，所以參與體檢的人數相當的可怕。

我討厭排隊的說……又不是遊樂園

吵雜 吵雜 吵雜 吵雜

這麼做的用意，在於判別體位，

確定身心狀況是否適合入伍從軍。

這樣啊？

那麼你一進去就排抽血吧！因為大家都怕痛，所以人一定很少。

原來如此！阿姨謝謝！妳人真好！

怎麼了？不想排隊喔？

咦？啊？……對、對啊！

被櫃臺阿姨看穿我的內心想法！

21

阿罵妳騙我！！！

趕快脫
別害羞 ♥

結果人最少的是
檢查蛋蛋（疝氣）科。

自從懂事後就
再也沒有讓男人
看（摸）過蛋蛋，

當時我總覺得
內心有什麼東西
碎或一地。

嗚嗚嗚

但有些醫生會
使用「觸診」。

失禮了。

掐抓

住手啊啊啊！！

這項檢查必須
脫光讓醫生檢查
蛋蛋是否有疝氣
情形。

一般來說都會
只看一下就請
你把褲子穿上。

叮─

還有點三八！！

羞

反正也比不
過我男友 ♥

其實光這樣
就已經夠讓
人羞恥了，

喉呦害羞
什麼啦！
姐姐我又不是
沒看過。

偏偏負責引導
我們的這位護
士小姐……

這句話讓我記到現在。

不是小兵。

★ 堅持自我的男人 ★

一直都沒說，其實我的左右眼有很大的視力落差唭！

右眼閉上就看不到

真的假的？我聽說落差太大不是可以免役或替代役嗎？

※當時是

所以我在檢查視力那一關的時候……

如果看不到就說看不到，不要用猜的。

好、好的！

那麼開始吧。

還是看不到。

E

看不到。

Ǝ

看不到。

E

看不到。

E

……看不到。

E

我是真的看不到啦！

你是不是想裝死躲兵役？

我都放到這麼大了。

護士大人生氣了！

……好慘，可是一定會有吧？假裝身體有病的傢伙。

我才不是！嗚嗚

體檢報告出爐，很遺憾我未達免役標準。

而檢查完視力後，就到了乖寶寶的**打針抽血時間**囉！

耶嘿嘿！

哇！好希望能讓跟你長得完全不一樣的漂亮護士抽喔！

哼，有時護士太正也是很可怕的一件事呢！

我不知道有啥比你穿護士服更驚人。

所謂可怕的事情，就是當我去抽血的時候……

左邊

淡定

右邊

請、請不要推擠！

那個袖、袖子捲起來！

吵雜吵雜

喧鬧

人潮全集中在年輕護士這邊……

是怎樣？

抽血東西軍？

沒半隻貴貓

人潮洶湧

你們根本就是外貌歧視嘛！

關我屁事啊？

當時我也覺得這樣很誇張，

看到年輕護士疲憊的表情也不禁為她捏把冷汗。

護士真不是人幹的……

反倒那個胖護士技術一流！果然經驗比較重要呢！

抽完的人都說年輕護士技術不好，抽血超痛的！

嗯嗯有啊。

喂喂！你聽說了嗎？

所謂的男人，就是要**堅持自我！**

你只是個單純的色胚吧！

哼。

……。

喂我們去排老的那邊吧！

嗯走吧！

Yes, I'm 色胚。

所以我相信這位護士小姐絕對不是因為技術差。

哈啊…哈啊…

「與其懷疑，不如選擇相信！」

體檢會場裡少說也有一五〇人，

抽血抽到手軟也是正常的事情。

裝什麼文青啊你？

正所謂——

牡丹花下死，

綁綁綁

是的，縱使真的很痛，我也會相信她。

畢竟…

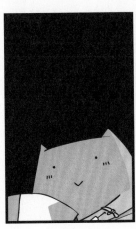

噗唧！

做鬼也…

27

討厭疼痛話題

★ 命運不好玩！★

接下來就是決定命運的抽軍種籤了吧？

體檢結束了！

我最喜歡這種緊張感了

我們可一點也不覺得好玩喔。

我常聽人家講說空少爺、陸乞丐，所以你們應該都想抽到空軍吧？

呵呵大家是不是這樣想的我不知道，

是絕對的！

但死都不想抽到**海軍陸戰隊**

唔喔？

正因為海陸籤是籤筒中極少數的籤（約三到五支），

所以大家都在討論要怎樣才能讓手氣好一點。

吵雜—

吵雜—

喂，你們知道嗎？我看過一部老電影，他說抽籤——

不能用擦屁股的手。

因為那隻手很髒

所以要在另一隻手噴香水再來抽，是喔！

這樣就不會抽到臭籤啦哈哈哈哈哈！

喔喔！原來如此！

……恭喜。

海軍

陸戰隊。

這壓根就是抽到海陸的方法嘛！

跟老電影一樣的結局，讓我不禁在想……

落魄
落魄

根本沒屁用啊啊啊啊啊！

太棒啦！海陸少一支啦！

舉國歡騰

比如說？

不過還有個狀況抽到爛籤機率也是屢見不鮮喔！

果然憑這些迷信是沒有用的呢…

抽籤最終還是都得靠自己的運氣啦！

好慘

有時候總會碰上本人無法親自到場的情況。

若是沒有代理人代抽，就會由區公所的人……

下一位——

三十五號——林○○同學——

林同學？35號林同學？

噠啦噠噠噠噠林同學

林同學沒來嗎？

啊啊沒來啊？那就依照規定，

由里長我代為抽籤囉♥

哈哈哈我最喜歡代抽了……

翻攪

命運絕對不要交給別人。

林同學啊啊啊啊啊!!!

海軍陸戰隊

'80 的機率就這樣去了兩張。

32

結果最後你抽中了陸軍嘛!真是平凡人的結果。

這時候平凡一點有什麼不好?

抽完隔天,大家都會在學校討論各自的兵種!

同學一號

我嘛係陸軍。

馬馬虎虎啦

二號

我抽中了空軍。

還不錯

三號

海軍…

陸戰隊…

慘白

我是—

替代役。

科科

幹!!!

羨慕嫉妒恨。

★ 選舉前的民代 ★

後來大學畢業，在等待兵單期間，

我在專做晒圖的輸出中心打工。

而老媽對我終於要入伍感到非常開心。

我兒子要去當兵了！

哇真好！退伍後就能幫妳賺錢了！

她興奮的跟左右街坊、親戚鄰居報告這件事。

就這樣過了三天。

哇妳開始要好命了！

我兒子要去當兵了！

過了兩週。

我兒子要去當兵了！

逢人就說

過了一個月。

我兒子要去當兵了啊啊啊！

最後過了半年。

你啥時才要

給拎祖罵
去當兵啦!

靠妖——怪咧!
我怎麼知道啦?
去問兵役課啊!

現在親戚都在問
你入伍了沒?

丟臉死了
稀咕

嗚嗚不管啦!
我要請民意代表
幫我查一下……

嗶
嗶

隨便妳吧。

啊喂——民代嗎?
是您好——
是的,
那個兵單
進度……
嗯好麻煩了,
謝謝掰掰。

幹真的假的?

兵單來了。

隔天。

嗶。

新訓是做什麼的呢？

為什麼還要新兵訓練呢？當兵不能一次就到單位服役到退伍嗎？

新訓最主要的任務，是讓你適應軍旅生活，融入人群團體，不過另一個重點就是要把我們這些傢伙的「公子氣息」消除！在新訓裡面你會覺得尊嚴像狗便便一樣沒有價值，只會覺得自己是個渣，這樣日後軍中會比較好管理我們呢！

是一直被痛罵嗎？就好像我常看到的軍教片，裡面的班長都好凶！

新訓的時候覺得班長好厲害，像神一樣！下部隊後才知道班長職位小不拉譏，真不知道以前在怕什麼？

給我跟全世界的班長道歉！

跟我有一樣感想的人，請舉手。

★ 入伍了！★

緊張到徹夜未眠的老媽。

汪！汪！（飯咧？）

報到當天，

早上六點鐘。

啾啾啾─

啾啾─

以及一大早就來幫我送行的朋友們。

睡眠不足

嘴巴上不說，其實也很擔心的老爸。

走來走去

你超爛的！

我昨天睡超好的。

一覺到天亮

我實在說不出口……

明明是我當兵，為什麼大家都比我還緊張？

昨天你一定也失眠對不對？

來深呼吸不要太緊張

哈哈每次這樣講的人，最後都說很久，你們也希望他趕快閉嘴吧？

大家好，我是兵役科科長，天氣很熱，所以我簡單講幾句就好。服役是國民應盡義務…

後來大概七點，所有役男統一到市政府集合。

啊是嗎？

第一次演講不要希望結束。

講愈久就愈晚進營區啊！科長請您持久一點啊！

不不不妳懂個屁啊？

你知道講這種話的人最後都回不來嗎？而且沒對象

等這場戰爭結束後，我就回故鄉結婚。

要多保重喔！記得有時間就多打電話回來！

放心啦老媽。

後來只花了大概四十分鐘的車程，

嗶嗶

就抵達臺南大內營區！

營舍又新又漂亮！簡直就像大學一樣！

一點當兵的感覺都沒有呢！

太好了

那邊那群菜逼巴！給你們一分鐘跑到我面前集合！

我話說完了還剩五秒鐘！

四！

三！

我收回前言。

果然電影軍教片都是豪洨的！

什麼班長很凶也一定只是演技而已呵呵呵呵呵！

從踏入營區到每人拿到兵資袋，前後只花了五分鐘呢！

我有計時！

馬上體會到當兵名產就是「給我快」！

啪！

兵籍資料袋裡有個資、保單、體檢證明……等。

是很重要絕對不能遺失的東西。

老媽我想當爽兵！

其中還裝著一本……

嗯這是？

實踐忠愛軍風，發揚團結精神！

互相扶持一條心！

志願役招募！

向前——看！

媽的看了還動啊？

啊？

他媽的你瞧不起我嗎？

報、報告班長我沒有……

對、對不起啦！

全臺最大詐騙集團。

互相扶持一條心！

志願役招募！

42

★ 營區最強・髮婆大人！★

好便宜！

有點忘了。

新訓理一次好像十八元。

嗯我們會從外面叫髮婆來理髮，

當兵之後都要理超短小平頭吧？

啪！

?

哈哈哈！你看看你

哈哈哈還好我在外面先剪了！

幹好難看…

畢竟當兵頭又快又沒什麼技巧，髮婆也不會太用心理。

喳！

43

十八塊。

你給我喔?

不論在外面剪的多短,髮婆為了賺錢還是會給你剃一下。

滋……

因為推剪這玩意,推過一百人又都不冷卻的話……

這邊提醒入伍生,理髮能趕快排就趕快排。

燙燙燙燙!
超燙燙燙住手!

就跟你說
燙死了放手!
就會像我一樣。

44

★ 人品爆發 ★

如果你問睫毛的軍旅生涯哪天最累?

我會回答你⋯

入伍第一天最累。

你們這些該死的渣!⋯

這麼菜還沒觀念!

還記得第一天什麼都不懂。

一整天內務與基本體能測驗,伴隨班長辱罵聲,讓我一度以為自己真是個渣渣。

而在這之中讓我印象最深刻的是⋯⋯

領裝備。

拿去。

因為當我拿到軍服的時候⋯

嗯?

廢話,那些都是穿過好幾年的衣服了。

髒死了!

不然你以為國軍錢哪來?

發霉味

不是新的嗎?

臭死了!

45

我會檢查。

所以不准作記號。

啊對了，因為這些軍服都是要傳承下去的，

既然如此，以防被偷我要在衣服作記號！

可惡，陸軍真的是乞丐，嗚嗚……

奇異筆寫完借我好嗎？

我看看上個主人有沒有作記號？

甘——霖老師咧！都不早講！好險我還沒下手！

哈哈哈哈哈哈哈哈哈！

啪！

死定了！

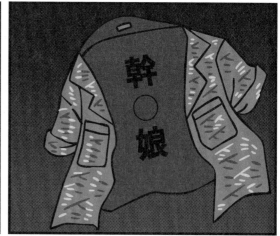

幹
娘

說好不能作記號，但拿到的東西上總是一大堆。

★ 國軍配給品的品質 ★

話說你們洗衣服的問題怎麼解決啊？

自己洗嗎？

新訓會把衣服放進洗衣袋，然後統一丟進這個籃子。廠商會來收去洗

不錯耶！還發洗衣袋，這樣就不會拿錯衣服了！

國軍還滿貼心的嘛！

天眞。

嘖！

怎、怎麼了啦？我說錯什麼了嗎？

有看到洗衣袋的拉鍊吧？妳拉拉看。

幹嘛表情這麼凝重？

不過就是拉拉鍊啊？

國軍配給品，品質保證嘛！除了皮鞋超耐操之外。

我我我才輕輕扯一下～它就斷了～不、不、不是我的錯喔～

是這玩意太脆弱！

啊啊啊啊啊啊！

莫驚慌、莫害怕，這種小事都習慣不了是沒辦法當兵的喔。

想

淡定

我就曾經發生新訓第一週，因為傻傻什麼都不知道。

把要洗的衣服全放進洗衣袋丟進去。

結果拉鍊全部爆開，裡面衣服通通噴出來。

完全分不出來誰是誰的了……

誰能告訴我洗衣袋功用在哪？

聖旨

★ 地獄殺人魔！★

★ 慢慢來沒關係！★

你們最好就慢慢來！

然後……先攤開蚊帳怎麼折？

嘿對！

慢！再給我慢一點啊？

嗶！

整理內務慢吞吞沒關係！

鋼盔腰帶放上面！

反正我們有很多時間！

好啊！給我慢慢走！下樓梯！

你也住臺南喔？

嘿啊！

沒關係很好！你們就都給我慢慢來！

……你們不要真的這麼慢啦！聽不懂拎爸在說反話嗎？

嗚……

你不是叫我們慢？

班長傲嬌。

51

★ 豆腐被 ★

常有女性友人問我：「現在軍中還有在折豆腐被嗎？」

捏捏

當然有！

國軍為了不讓我們沒事情做，所以相當要求內務整理！

呼……把枕頭放上去後就大功告成了！

剛開始不熟練，要折的有稜有角不容易呢！

嗯其實我不知道我哪裡會？

咕喔喔喔喔

史萊姆？
要怎麼折

棉被……不好意思可以幫我一下嗎？

啊？嗯好啊！你哪裡不會……？

一開始我以為是我的鄰兵不會折，後來才發現──

咦？你裡頭棉花怎麼這麼少？難怪折不挺。

所以我拿到的是瑕疵品？

什麼嘛……

我家裡的棉被都我媽在折，還以為是我的問題咧？

我很少折棉被。

也太寵兒子了吧啊啊啊老媽！

不過瑪莉問題沒辦法,要拿去給班長換嗎?

我有聽說拿木板放進棉被就可以挺起來了。

去哪生木板?

抓

……

嗯?你幹嘛?

啪嘰!

唔喔喔喔喔什麼?

折斷

你幹嘛把床板折斷啊?不怕被班長發現嗎?

喀啦喀啦

一直到結訓,都沒人發現他的床板破了一個大洞,除了某個人……

「幹睡到一半發現嘴巴有木屑……」下舖鄰兵如是說。

搞定。

算你有種!

徹底讓我了解「當兵心臟放乎大」這句話的真諦。

★ 用餐標準作業程序 ★

真小聲，看來各位不想吃飯呢？

恢復上一動！

恢復上一動。

親愛精…

親！愛！精！誠！

內務整理好後，時間來到了黃昏的吃飯時間，這時才體會到什麼會叫做一個口令一個動作。

進餐廳！

親！精！誠！

立正

好！

喉嚨啞了之後，好不容易進了餐廳。

聽口令！舉板凳！

拉出

坐下！

跨

就座！

腰桿打直！

伸展

屁股坐三分之一板凳！

移動

開動！

喀嗽

喀嗽

喀嗽

以碗就口！

拿起

一個口令一個動作，從開始喊親愛精誠到坐下拿碗、送進第一口飯總共花了快半小時。

大家知道為什麼我們像狗，而且當兵會變笨的道理了吧……

幹好難吃……

結束白天行程，總算到了晚上洗澡時間，就在我要拿鹽洗衣物的時候……

好漫長的一天

四角內褲～

我的～

小四角～

翻找

發現我內褲全被偷了。

早聽說軍中手髒的人很多，但沒想到第一天就遇到了！

畜生

而且內褲賊居然還留了一條XL號三角內褲給我！

但太鬆了害我蛋蛋一直打乒乓……

這第二名到底要多強？不用問一定

56

請試著推理誰說謊?

★注意！注意了還動啊！★

會導致適應不良。

本來擔心自己怕生慢熟個性，

新兵訓練被分發到臺南大內營區時，

又擠又悶

其實入伍當天沒有想像中難熬。

對我把圈一下嘛！

拿去喝吧！

也許是大家都在同一個艱苦環境，很容易就產生革命情感。

結果沒想到我半天就跟大家混熟了！

證明真是杞人憂天。

只要跟人打好關係，軍旅生涯大都順利無比。

而想要人緣好其實很簡單，

只要你不要成為一種人。

這種人就叫做

天兵。

嚼 嚼

剛好我們單位就這麼一位。

編號天三拐．

羊駝君。

嚼 嚼

這位羊駝幾乎所有天兵該做的行為都做過了。

長官好。

敬禮給我點頭？他媽參加我告別式膩？

天三拐！

給我手打直舉手答有！

這裡？

最驚人的行為是我們在打廿五公尺校正歸零靶時——

左線預備！右線預備！全線預備！

61

第一次贊同排長。

羊駝如此驚人的天兵屬性，

導致他常成為排長針對的目標，我常在想為什麼老是會這樣？

我想打一九八五申訴

不准！

你報告詞借我看看。

背不起來嗎？

真是的，你也常因為單兵戰鬥被罵耶！

喔喔好

滿滿的羅馬拼音

啊忘了說，我從小就住在國外，所以看不太懂中文。

⋯⋯⋯

抬頭觀察，由左至右，由近而遠，反覆觀察。
Tai To bum ⋯⋯ Yo chin A ⋯⋯
關保險，迅速退至掩蔽物後方三至五步
採戰鬥蹲姿，
Cun Bou Sia ⋯⋯ ⋯⋯
檢查器裝具，首先檢查武器，由上而下檢查
（防火帽、準星、刺刀座、瓦斯鎖螺、上護木
上護木螺絲、槍機總成、扳機總成、檢查槍托
底板是否破裂、檢查子彈，不足五發予以更換
或補足）
Cy ⋯⋯ ⋯⋯ ⋯⋯

你、你你你⋯⋯你是歸國子女？

難怪你說你國語不好！

我還以為你是個愛喇英文的假ABC！

你幹麼不跟排長講啦？大家都以為你超天兵！

我、我講了啊，可是排長跟我說⋯

怪我囉？

的確很像他會說的話。

隔天，我們進行了一連串的刺槍術訓練。

為了避免刺傷別人，刀鋒統一上刀鞘。

前進突刺！

刺！

殺！！！

由於刺槍術有「原前迴左右」等多方向口令，

中文不好的羊駝，

根本聽不懂。

原地突刺！

刺！

殺！！！

迴旋突刺！

刺！

殺！！！

上擊！上擊！砍劈！

殺！！！

★ 誰說班長不能天？ ★

部隊裡有天兵，當然也會有天班長。

當時負責我們這梯的義務役班長「浩爺」，

新訓一個月，睫毛幾乎天天看他被臭罵。

※這是禁忌

還會帶著部隊穿越營區草皮。

讓浩爺帶的部隊，不知為何最後都會變成「貪食蛇」呢♥

意思是亂走一通？

還會迷路。

←單戰場

咦不是要去新中靶場？

還會頂撞排長。

幹北七！你去死啦！

我不要！

……怎麼可以這麼強？

記得某次單槓測驗時，浩爺這麼說：

嘖

你們單槓都亂拉一通，看我示範。

所謂單槓啊，不能用蠻力。

啪！

抓穩後要用腰…

腰…

腰…

腰腰腰…

腰…？？？

呼…

呼…

呼…

呼…

腰…力

唔…

腰

腰

看到什麼？!

……呵，

看到沒？

呼…

呼…

呼…

呼…

真想知道他的近況。

單兵戰鬥中的「戰鬥蹲姿」，與「通視槍膛」、「刺一槍」等並列為新訓班長最愛玩的遊戲！

喔喔沒錯！這個我就要替浩爺澄清一下了！

身為班長體能怎麼可能這麼差？

※每個新訓單位教的戰鬥蹲姿略有不同。

膝蓋不准給我碰地！這會很痠！但就是痠才要玩⋯咳，鍛鍊你們！誰敢比我快撐不住就死定了！聽到沒有！

報告是！

媽、媽的你們還挺厲害的嘛⋯

下課休息⋯你到哪裡澄清到了啊？

呼 呼 呼 呼 呼

★ 媽的！扔地瓜阿！？ ★

不過天兵天班長是少數吧？只要低調一點不就好了？

不難嘛？

也不是絕對啦，有些人就是低調不起來啊。

好比說我新訓有個同梯，他的名字叫做：

王建民？

不錯嘛會投伸卡球嗎？

報告是！

因為你是··王建民嘛。

那麼你來示範剛剛教的清驗槍。

報告是！

因為你是··王建民嘛。

接著示範刺槍術吧。因為你是··王建民嘛。

撐下去啊王建民……

嗚嗚

王建民！

因為你是……

然後再試試手榴彈投擲，

跟名人同名真是超衰的。

70

這如果是戰場，我們已經粉身碎骨了。

新訓一個月的訓練大致上就這樣結束了呢！

真是辛苦了！

咦？等等不對啊？不是還有打靶嗎？

還是你們沒打靶？

有喔有喔！打靶超好玩的喔！

尤其是開槍的時候，那個煙硝味衝出來！真的讓人很興奮呢！

碰！

啊不，所以……我是說那個為什麼沒有畫出來？

因為畫步槍跟射擊畫面超麻煩的！

剩下的篇章補完都會刊載在網誌上！請大家移駕過去看就好囉！

你的真心話搶先講出來了啦！

新訓其實還有很多東西可以畫，但是好麻煩篇幅……

73

★ 千山鳥飛絕，萬金人蹤滅！★

在完成所有訓練後，便開始抽下部隊用的「分發單位籤」。

最後結果，睫毛從步槍兵轉職成「通資電兵」。

這啥？

抽完籤後，大家會圍在連長旁邊詢問自己的籤是不是涼缺。

爽！雖然有線電架設兵要爬凱里塔！但還是爽！

凱里塔？

當然，我也是其中一位。

通資電啊？

連長！人家這支單位爽嗎？♥

臺南機場？

幹爽翻天啦！

司令部？

潮爽！

軍備局？

爽啊！

陸軍千萬別抽到兩開頭跟五開頭……
（※機步）　（※裝甲）

退伍後就是人生勝利組・羊駝君。

什麼是二階段專長訓？

聽說很多人抽到單位後就直接下部隊（服役單位）了，沒有什麼二階段專長訓，那為什麼有些人就要去呢？

根據作戰的不同，需要的兵種也不同，臺灣的陸軍不可能都是「步槍兵」嘛！所以這時就會因為專長軍種的不同，先派遣你到類似學校的地方學習第二專長，簡單說就是要你去考一張證照回來囉！

所以睫毛你證照考完下部隊後⋯⋯

完全沒用到呢！！

證照考好玩的喔！？

本來軍中證照就是考好玩⋯⋯大概除了軍用卡車駕駛證照會在社會用到之外，其他技能退伍後壓根一點用處都沒有呢⋯⋯。

★ 自走式臺灣地圖 ★

為了接受
「有線電架設士兵」
二階段訓練，

轟轟轟一！！

睫毛跟抽到同單位
的弟兄一起前往
高雄岡山通訓基地。

※通信兵訓練中心

姆……隨便啦，
這裡兵舍都長一
樣，你知道我們
單位在哪嗎？

哼哼交給我吧！
我可是絆號……

這營區不大呢！

這樣才好啊！
迷你一點打掃
才不會太累。

…嗯？

這麼小營區會走錯
代表腦袋有問題！

煩耶！
就跟你說我
不會走錯嘛！

會走路的

臺灣地圖喔！

YA！

總覺得很
靠不住。

80

走錯女兵大樓

萬歲！

晚上收假與女兵盥洗時間相同，萬歲！

就跟你在網誌
說的一樣，女兵
真的沒尖叫嗎？

哈，尖叫的話
我還會在這裡
喝咖啡嗎？

部隊不是都有
那個叫……保全？
他沒阻止你？

你說安全士官啊？
他們警戒心才沒
這麼高咧！
哈哈哈

看到女兵洗完澡
都沒興奮嗎？

妳是
變態膩？

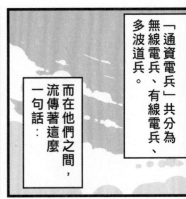

「通資電兵」共分為無線電兵、有線電兵、多波道兵。

而在他們之間,流傳著這麼一句話:

歡樂無線

什麼歡樂?雖然我們是在教室看書,

但你知道這講義多厚嗎?一堆拐拐碼!背都背死你!

匡!

體力有線

至少你們在教室!我們可是頂著大太陽爬電線杆耶!我們累多了好不好?

血濺多波道。

對、對不起!

要打樁打到血淋淋嗎?

你說你們很累,但是……有像我們多波道……

突然覺得我很幸運。

83

老媽我想當爽兵！

真的很簡陋

靠著板子跟鉤子一路爬上去吧！

而你們手上拿的是構造很簡陋的「國造登高板」。

隔天！有線電架設訓練開始。

比想像中還高！

高聳

各位有線電兵！這就是你們天天都要爬的電線杆！

俗稱凱里塔喔很親切對吧？哈哈哈哈哈！

噗菜鳥！你該不會以為旁邊還有柱子可以爬吧？

笑鼠人

我就是這樣以為啊啊啊！不然只有破板子怎麼爬啦！

那個，請問教官，為什麼電線杆會長那樣……？

不應該都是…

太・快・惹・啦！教官你是趕投胎喔？

好講完了。

第一班登高預備。

● 首先固定繩索鉤跟木板。

● 然後跳上去，再甩第二條繩索鉤。

● 身體向外踢板，並把第一條繩索鉤取回。

● 然後重複直至頂端。

84

雖然我後來還是順利合格了。

什麼叫「下部隊」呢？

雖然我大概知道下部隊是什麼意思，
但詳細來說是怎麼一回事呢？

新訓結束時，所抽到的「單位籤」會決定
你接下來十個月左右的生活，這就是「下
部隊」。在這正式的部隊裡頭，你會開始
有學長學弟、開始要出勤執行任務（例如
站哨、下基地、高裝檢……等）。

也就是說下部隊就是要發揮新訓
跟二訓所學到的技能囉？

沒錯！新訓學「混吃」！二訓學「等死」！
下部隊就是要將「混吃等死」發揮到極致！

不要亂教啦！！

一切都是假的，只有退伍才是真的。

★ 下部隊了！★

正式下部隊第一天，新兵歡迎會上——

歡迎各位到部！我是本隊上尉隊長，請多多指教。

從今天開始我們就是大家庭了！希望各位……

太好了！看起來是個很慈祥的長官！

為了歡迎各位，我們也準備了一份禮物送給大家！

禮物？

就是啊！這位幹了十九年的上士休假時，

酒駕被抓到！

所以全連懲處洞八一個月。

啊啊啊啊啊！

地獄般的生活

降臨！

這裡也有人下部隊第一天就被洞八一個月的嗎？

★ 妳不懂啦！ ★

什麼是「洞八」？

軍中把「零」叫做「洞」。08:00

就是正常休假時間被延遲，到隔天早上八點才休假的意思。

但若是禮拜六放假（洞八），週日睡醒就要收假回營！感覺真的差很多！

一睡醒就要回去……

如果是禮拜五晚上六點放假（天八），隔天睡醒禮拜六！還可以痛快的玩！

早點睡！早點玩！

差很多！

咕就這樣啊！還以為什麼酷刑，不過就晚幾小時放假嘛？哪有差？

不要叫讀者做這種蠢事啦！

快解釋！

現在正在收看本書的男性！趕快跟你身邊的女人解釋真的差很多！

收假超開心，收假要人命。

正因為放假對阿兵哥來說無比重要，所以一定要徹底的……

玩耍！

漫畫跟新番也要盡量看！

佛朗基好白痴！

放假在外可以做很多平常無法做的事情。

奶雞多塞一塊是一塊！

※珍奶＋雞排

好好粗好好粗姆姆啊！

唯獨一件事情怎樣都不能做。

那就是

睡覺。

時間這麼珍貴怎麼能睡覺呢吶吶吶…？

耶！

你想肝臟炸裂嗎？

還有件事必須要做，但我不能說。

★ 緊急召回！ ★

在剛下部隊被洞八的期間，

也曾發生過，我剛出營區，看電影看到一半時……

哈哈哈！

主角超好笑—

震動

手機震動 震動

嗡嗡嗡！

…誰啦？這時候。

嘖！是同梯安官打來的，不太想接……

喂！毛哥啊！因為颱風要登陸，所以你被**緊急召回**囉！

喂幹嘛啦，我在看電影…（超小聲）

你少蓋了，拎爸才剛從營區出來不到十二小時，

現在又要我搭火車回高雄去哦？鬼才信你咧哈哈哈哈！

你・壞・壞！

如果想被視為逃兵通緝的話，

就繼續看你的電影啊❤

告訴我這不是真的！我求你！

靠杯不相信自己去問長官啊！

吵屁啊！

喂請問長官⋯真的要我回營區喔？

係金ㄟ。

⋯幹。

（。ㄱ。）<---白目死亡狀態

93

嘛……救災也是積陰德，

雖然救災部隊這玩意一輩子不出動最好。表示和平

嘟噥

沒錯，談起現今國軍還有什麼用處？

我想大概就是救災了吧？

岡山！岡山站到了

凌晨十二點睫毛回到部隊，立刻機動武裝，救災土工器具。

並出發前往燕巢鄉公所救災指揮中心，然後……

海○寶寶

救災呢？

把我的假期還給我！

——看了一整天的

無風也無雨。

★ 這禮拜妖八還洞八？ ★

後來好不容易結束「洞八」，過幾天偉大領導卻說：

不過是三十七度烈日下全副武裝站幾小時就昏到。

真沒用，國軍通通給我加強體能。

你們要像我一樣愛跑步啊！

彈

於是，「國軍體能精進政策」，開始了！

奴哦哦我草尼馬！

不斷跑步、跑步、還是跑步的地獄

嗚嗚……一天站六小時的哨還要來跑三千……

腳好痠……

發麻

……喂學弟你還好吧？

啊啊學長——

勉強可以

幸好沒懲罰，雖然我跑得慢但還能跑完啦！

嗯？你不知道上面說跑太慢……

就洞八嗎？

居然又來了！

総○府

國○部

○令部

部隊

國軍體能太差啦，所以加強跑步吧！游泳也不錯，宣導一下嘿科科！

上頭有令，三千公尺跑步志願役及格訂定為十四分鐘，義務役不用。然後加強游泳。

上頭有令，三千公尺跑步志願役及格訂定為十四分鐘，游泳需通過五十公尺測驗。

義務役比照志願役辦理！不及格者洞八或禁假！我草泥馬！

沒聽過軍中就是黑嗎？

令愈放愈大的馬屁官僚體系。

令愈放愈大的馬屁官僚體系。

而這樣不斷跑步的地獄生活一直持續到了退伍。

唔呵呵呵呵……

我總共爆瘦了八公斤，體重一度來到五十四的瀕死大關。

嗯？

你說我瘦這麼多，應該要感謝那名政府官員？

謀可能啦。

因為人家已經

完全胖回來囉！

咚！

呵呵呵呵！

去減肥！黃金御飯糰！

退伍至今三年，體重還是回不去。

所以敬告每位有意減肥的愛美女性……

最強瘦身中心國軍歡迎您。

再難減的體質也沒問題喔！

★ 當兵命運的分歧點！★

剛下部隊的時候因為什麼都不會，所以只能天天打雜。

開始有事情做是某一個晚上……

睫毛！

啊啊輔導長好！對不起回的沒天沒小！

是我啦！輔導長！

睫毛在嗎？

啊有！誰找我？

※時任中尉（如今是上尉）

政戰……

是蝦米碗糕啊？

留下一堆未解的謎。

聽說你會一點美工吧？

那好！你就接「政戰文書」吧！

明天到我辦公室報到

我只是來提醒你這個而已！掰囉！

等、等等輔導長！

學長，請問什麼
是「政戰」啊？

蛤？

你接政戰缺喔？

政戰就是輔導長的
個人專屬祕書啦！

這個缺
嘖嘖嘖……
膽子不小嘛？
哈哈哈哈！

告訴你！
你死定了！

這個業務超操的！
輔導長又難搞！
等著過每天被幹譙
到死的地獄生活吧！

真心話呢？

幹我超羨慕！
輔仔人超好！
當他政戰根本
就是吃香喝辣
的爽缺嗚喔喔
喔喔喔喔喔！

呵呵呵呵……

看來我準備要吃香喝辣了。

「政戰文書」工作大體而言，就是輔導長的個人秘書。

只要輔導長是個不錯的長官，就幾乎可以過得很輕鬆。

因為實在是太幸運，所以某天睫毛興奮到昏過去，

並做了一個瞭解政戰到底在衝啥的夢⋯⋯

夢裡頭，我跟輔導長一起來到了中校處長室。

報告！

⋯等兩員請示進入！

處長室

進來！

報告！

敬禮

喀嚓

剪下

報告處長！請問處長您有什麼吩咐呢？

把水果日報的副刊旅遊做成剪貼簿。

我放假要帶老婆去玩。

人生必去的百大景點！

超人氣！！

政戰工作其一⋯做美勞。

有什麼意見嗎？

⋯報告沒有。

喀嚓

剪下

接下來是副指揮官！放心他不會要我們做美勞的！

副指揮官室

雖然大家都說他外表很兇，

但其實他很和藹的，又是軍人榜樣，我們一定要相信他……

我魔法氣泡玩膩了。還有沒有？

…等等去總政治作戰局，看有沒有什麼互動小遊戲給他玩。

報告是。

政戰工作其二：排解長官寂寞。

再來就是偉大的基地領導「指揮官」！他是國軍的楷模！絕不會黑白來！你準備好了嗎？睫毛毛二等兵！

報告準備好了！

指

中鋼的股價怎麼樣？

可以進場嗎？

幹我怎麼會知道！你們這三隻腦滿腸肥只知道玩樂的豬！去死吧！

政戰工作其三：協助長官賺大錢。

請不要相信，

這段故事只是個夢。

不管你信不信，反正我是（略）

輔導長是個很親切的人，所以我們之間沒什麼隔閡，感情非常好喔！

而且又高又帥！

請介紹給我！

至於好到什麼程度？比如說輔導長喜歡喝咖啡跟茶。有次我這麼問他：

喝一點咖啡跟茶就睡不著太遜了！

又不是小孩子！

輔仔你喝這些，睡前都不敢碰！

都不會睡不著喔？

我睡前都不敢碰！

不會喔！

當天半夜三點。

那就好辦了，喝喝這個美式咖啡吧！收假的伴手禮！

哇謝謝！

※部隊起床時間為 5：30

根本只是損友嘛！

就像這樣嘲笑玩弄他都沒問題。就是這麼好

ʃ ﾟ▽)σ 你看看你！

喝咖啡睡不著的是

小孩子？

少囉唆！

hA hA hA！

笑屎倫！

★ 老鳥黑白來，學弟要自愛！★

正因為睡眠時間寶貴，所以大家都會想盡辦法拉長。

呼好熱啊

抓
抓

蛤？你在說啥啊？

蕭群學長你不掛蚊帳嗎？

咦學長？

學長你好帥喔喔喔喔喔！！！

奴喔喔！很超級！

今夜的我有道理！

少摺一個蚊帳可以多睡三分鐘耶！況且國軍又沒規定一定要掛蚊帳。

這麼熱還掛蚊帳！吹嘸電風啦！

抓
抓
抓

就這樣，我跟隨學長也沒掛起蚊帳。

而且我們有捕蚊燈恬屁啊！

沒錯沒錯！捕蚊燈恬屁啊！那我也不掛了！

就這樣到了半夜…

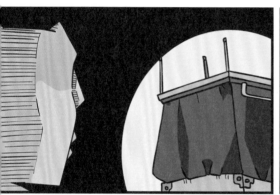

請大家務必掛蚊帳。

★ 稍待片刻 ❤ ★

安全士官查舖中
請查哨官稍待片刻。

這段時間會有查哨官來檢查是否打瞌睡或擅離崗位。

所以當有事必須離開時，必須留字條提醒。

小兵的夜晚，無法像主官或是資深志願役學長可以一覺到天亮。

我們半夜還得站哨發呆兩個小時。

寫 寫 寫

嗯⋯⋯⋯

留個紙條吧

要上槍叫下一班哨了！

這樣沒問題嗎！？

安全士官查舖中

請查哨官稍待片刻

MENU

其實我覺得有問題……
查哨官會不會覺得我都沒有認真站哨而在打混畫圖……

妖羞…

嘛…算了，反正查哨官也不會這麼早來。

快去查舖吧。

我拎著手電筒，繞了兵舍一圈，並叫下班哨起床準備。

叩
叩
叩

就在我下樓時，

我看到了……

手上拿著
女僕圖的

查哨官啊啊啊!!!!

微臣在!

安官。

不、不素啦!
那個...查哨官
大大...我...
聽我解釋!

在值勤時間
畫女僕......

安全士官查舖中

她會記我
衛哨失職嗎?

送我好嗎?

臉紅

欸欸?
你很喜歡嗎?

再次證明軍中果然百樣人。

★ DLC 特別任務！★

夜哨的安官，除了罰站發呆，有時也必須執行「特別任務」。

比如說某天輔導長半夜尿急上廁所時，

他看到了……

嗯？

搖滾強尼一家子

搖滾趴ING

石化裂

特別任務一

搖滾強尼殲滅戰。

安官！安官救命啊啊啊啊啊啊！！！

人家不要啦！

啊 啊 啊 啊

波

魔樣、鬼樣、銳奇樣。

★ 國軍，果農永遠的好朋友！★

誰叫「滯銷水果=>國軍」是政府勝利方程式。

不過話說回來，

我看睫毛你很少吃西瓜耶，你不喜歡嗎？

也不會不喜歡啦…

只是…只是…

我懶得挑籽…很麻煩…嘿嘿…

媽的連挑籽都懶，當什麼軍人？

連士官督導長

以後改叫你……

懶睫毛。

哈哈哈懶叫毛！

嗯懶叫毛！

你看看你懶叫毛！

輔仔…嗚我被霸凌了…拎爸要申訴了

輔導長表示：「我覺得滿可愛的呀。」

★ 葡萄乾！★

※伙食委員，類似廚房領班。

蘿蔔葡萄，其實我不怪處長。

★ 豆腐湯！★

處長威力持續全開，過了幾天，輔導長再次被叫到處長室。

對處長刁難漸漸麻痺的輔導長

今天煮的那個青菜豆腐湯！

真是讓我受夠你們伙房了！

拍桌！

媽的你知道怎麼了嗎？

報告處長不知道。

……

青菜豆腐湯居然只放青菜跟豆腐！！！

啊不然咧？！！

給我放枸杞!!

靠杯去死啦！

後來離開了處長室，我問輔導長：

怎麼辦？真的要加枸杞？

一定不好喝⋯⋯

誰管他啊？八ㄟ當作沒聽到就好！

隔天，輔導長室。

記得

買枸杞

究竟是輔仔傲嬌還是軍命難違呢？

★ 你的問題不是我的問題！★

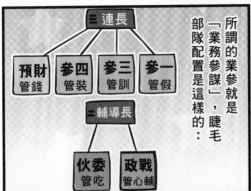

所謂的業參就是「業務參謀」，睫毛部隊配置是這樣的：

※這裡每個業參只列舉重要工作。

那個夏天，睫毛部隊鬧兵荒，故原為政戰的我，頭銜，俗稱「參三」。

又多了「作戰訓練參謀」的「參三」。

雙業務耶恭喜啊！

少幸災樂禍！

他們只給了我這麼一句忠告：

嗯！我第一天進辦公室之前，有先問過裡面的同梯。

有什麼注意事項嗎？

參謀耶，聽起來好酷。

那是我們的王。

不可質疑你的

學姐！

123

老媽我想當爽兵

124

好可怕…
參四是會死翹翹的職業嗎？

會喔！
自殺的人一狗票喔！

耶嘿嘿★
尤其遇到高裝檢！

不要用俏皮表情說這麼恐怖的事啦！

請問一下參三電腦密碼是什麼？

開電腦辦公需要密碼才能登入。

哦密碼啊……

那麼我先去跑簽呈，待會見囉。

啊啊！等…學姐等等！

別說這麼多了，總之參三工作都寫在紙上，你就先照著辦公吧。

是……

咦？

關我
屁事？

125

給我理由。

討‧厭‧啦！學姐妳真愛開玩笑！

好吧，那我先借用伙委的電腦作業，可以給我他的密碼嗎？

幹……

啊哈哈哈可是看他樣子就好想欺負喔！

學姐不要再耍他了啦…睫毛都快哭了。

喂！那是「鍵盤密碼」啦。

蛤？

霸——凌啦！

沒有給我密碼是要拎爸作業個鬼喔！

我要申訴！申——訴啦！

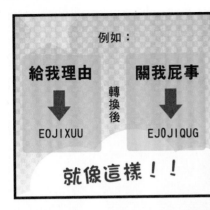

例如：

給我理由 　 關我屁事

轉換後

↓ 　 ↓

EOJIXUU 　 EJOJIQUG

就像這樣！！

所謂鍵盤密碼，就是直接打注音在鍵盤上的一種密碼。

但標點及特殊符號會省略。

畜生你們竟然敢陰我！

那我也改密碼！我要取叫——

「你算老幾！」

喂！這樣好嗎？

如果有大官要問你密碼怎麼辦？

照實回答？

放心啦副連長！

有哪個大官會閒到跑來業參室問人家密碼的？

嘸可能啦！

上校指揮官駕到！所有業參集合！

資訊保密加強期間！電腦進行密碼汰換與督導工作！

重複一次！上校指揮官…

後來我用 XX 嵐冰淇淋紅茶成功賄絡資訊士。

★ 女生當男生用，男生當畜生用！★

後來兵荒問題持續無解，

不知是上頭沒長眼還是故意擺爛，總之「學弟妹」是相當奢侈的名詞。

總算補進了「一個」志願役學妹！

但就在我升一兵之前，

大家好！

頭髮還很短

讚——啦——！

總算等到妳！

還是稀有蘿莉女孩！

喧鬧

沸騰

畢竟在學姐們充滿慈愛的統治之下，

我對軍中「可愛」的女性，已經失去了憧憬。

哈啊……

要勇敢～知道嗎？

緊抓……

雖然接下來的日子不輕鬆！但妳一定要堅持下去！

話說妳叫品蔵是吧？當軍人有什麼目標嗎？

是的！報告連長！我的夢想就是！

成為一個美麗內在兼具的「黃金一等士官長」！然後退休領終身俸！

沒錯！我要當二十年的兵！！！

然後退休領終身俸！

欸欸?!!!

我說錯什麼嗎？

……。

一年我就快瘋了。

130

之後過了幾天，

在歡迎會上發下豪語的品葳學妹…

某天我在兵舍走廊遇到她。

咦品葳？怎麼了？

學、學長…

晃

妳不是才說要當三十年的兵嗎！？

告訴我他是誰？我去幫妳宰了那傢伙！

什麼？學妹妳怎麼了？有人欺負你嗎？

現在申請退伍要賠錢嗎…？

一把鼻涕一把淚

?!!

學姐說要

讓我好看……

抱歉我幫不了妳。

霸權統治的小型社會

──無解。

當初的二兵學妹如今已經熬過去要升上士了。

幾天後。

哈哈哈哈！學姐妳好有趣喔！

我愈來愈不懂女人的想法了。

★ 跟老子簽下契約 ★

隨著退伍時間逼近，學長們也開始強力勸說。

就連學妹也是不擇手段。

學長這種人才不簽可惜咧！

雖然我知道她在唬爛我。

簽下去當志願役吧！

簽了之後根本不用怕外面不景氣！

三餐都由國家餵養！

可、可是我…

起薪直接兩萬八起跳！

半年後馬上升三萬！外面工作哪來架好康？

簽啦！簽啦！簽嘛簽嘛簽嘛簽嘛簽嘛簽嘛簽嘛簽嘛簽嘛簽嘛簽嘛簽嘛簽嘛簽嘛簽嘛！

沒錯，這樣的推銷方式就像……

你們是

直銷公司膩哪？

成為魔法少女吧！

★ 精神起肖週！★

國軍有個玩意叫「精神戰力週」，是在五天內強制全體官兵參與並提升精神士氣的活動。

我們請部長精神喊話！

業務……做不完啊……

這一週內完全不用出操，晚上還會舉辦遊戲同樂會。

而比手畫腳正是活動中的一項遊戲。

翻

李小龍

比手畫腳大家都玩過，算是其中最好上手的項目。

李小龍……不難比嘛！

賢洞學長怎麼猶豫這麼久？

啊嘶

軍人玩的方式卻是……

旗語──

啪！

哇靠!!!──怎可能？

李小龍

李小龍

李小龍

李小龍

這已經不叫比手畫腳了。

★ 學姐的天下霸道之路！ ★

除了遊戲外，也會安排表演晚會讓官兵放鬆。

睫毛子！

啊，怎麼了？

學姐？

睫毛你晚會決定好要表演什麼了嗎？

嗯嗯！那當然啊！

我們排組也要上臺。

碧昂絲。

我早就決定好，我要表演

硬幣

印度麥可⋯哈哈⋯!!

怎⋯⋯⋯

你給我表演——

碧昂絲。

令句。

等、等等啦學姐！

那不就是……

碧昂絲不錯對吧？

可是要扮女胸部就塞饅頭。

要跳舞喔哈哈哈哈！

哈哈哈哈利波特咧！

妳鬼打牆膩？

就不能尊重一下別人的意見嗎？

誰跟妳表演碧昂絲啊？

妳這個

獨裁女王！！！

不可忤逆你的

——**王！**

就表演那個吧嘻嘻……

……讚、讚喔。

拇指

嗯？

不過學姐您怎麼想要我扮碧昂絲啊？

啊啊，那是因為……

連假髮都準備好了。

早就想弄你了。

看不爽你睫毛比我長啊。

完全不掩飾真心話啊啊！

我的學姐哪有這麼＿＿＿＿＿（歡迎自行填空）。

所、所以你真的表演碧昂絲?

超噁的⋯

嗯後來沒有啦!

姆啊

嚼嚼

不過學姐說⋯

「當天沒讓我看到你變女人就死定了。」

到底對你穿女裝有多執著啊?

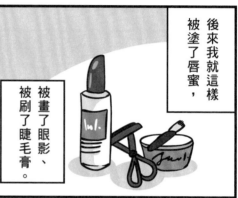

後來我就這樣被塗了唇蜜,

被畫了眼影、被刷了睫毛膏。

被迫穿膝上襪,被迫換上圓點小洋裝。

沒錯,我正是那⋯⋯

為了晚會,搏命演出的女裝睫毛哦!

⋯啊啊♥

睫毛毛變的好奇怪!

壞掉了⋯⋯!人家要壞掉了啊啊啊啊♥

經回不去了。

138

★ 當兵兩三年，水獺賽貂蟬！ ★

而輔導長看到我扮女裝的背影……

嗯？

喔喔喔喔該死這小妞是誰啊啊！

為什麼跟指揮官的傳令在一起！？

喔喔喔喔不錯嘛還挺可愛的嘛！

（這句話我自己加的）

真是羨慕那個傳令啊啊啊！

好！等等叫她來輔導長室

嗚呼呼……

那是你家那隻政戰哦。

那隻政戰->(´・ω・\`)

139

老媽我想當爽兵

後來我們還在化妝室……

嚇到了前來小解的上尉保防官。

啊啊啊啊啊啊啊啊啊啊啊啊啊啊啊啊!!!

不要亂動喔!

接著終於輪到我上舞臺表演。

學長加油!要有自信喔!

是要有什麼自信啦?穿女裝膩?

發火!

喂喂這樣就嚇到?會不會太沒用了點?

軍人耶…

我只覺得好丟臉……

呵呵

走上臺這段路我腦袋幾乎空白。

一直到我站好位置後……

吵雜

吵雜

不要看他們…

不要看…

140

後來表演以失敗告終。

塞饅頭

做捏捏。

為什麼我看起來這麼開心？

★ 待退弟兄八字輕！★

後來日子一天天過去，學長姐終於放棄慈恵。

直到了夏天！

啦啦啦──！
保養槍枝──♪
嗯學長今天心情不錯喔？
那是當然的啊！

不過我常聽人說「待退弟兄八字輕」，學長小心點好吧？
怎麼可能啦！真要這樣國軍豈不是一天到晚出事了嗎？
不會啦！

因為老子終於拿到象徵「快退伍」的AB卡囉♥
你能體會這種爽翻天的感覺嗎？
懂個ㄉ喔…我才剛下部隊耶。
連那是什麼都不知道。

喂聽說這次八八風災太嚴重，所以我們**無限期禁止休假。**
嗯待會還要組搜救大隊去尋找**罹難者大體。**
架嚴重喔？

待退弟兄

八字輕!!!

颱風尤攔來?

這次真的會幫上忙吧?不要再去看整天的海綿體寶寶了⋯⋯

機動武裝中

這輩子最大的錯誤就是跟學長您同部隊⋯⋯。

是?

睫毛!

因為連隊完全沒兵力了,所以你不用去救災。

但是從今天起你被調到營區大門瘋狂站哨。

一分鐘待命班

超突然!

可是我沒有站大門的經驗!被督導怎麼辦?

哩嘛卡拜託耶,大家都去救災了,誰來督導你啊?

不會啦!

況且聽說快兩年沒督導了，所以不會這麼衰吧…

長官好！

嗯噗

中士說的也沒錯啦……

待命班只要沒出事，也不是那麼難熬。

我今天要來……

督導你們。噗

看看救災時刻是否有鬆懈噗。

哪奴噗?!!

待退弟兄八字輕。

拐拐拐無線電搭配什麼天線可以增加通話距離？

這…ㄟ抖…

哨聲一長兩短代表什麼信號？

毒、毒氣攻擊…？

你想被關禁閉嗎？

報告不想。

待退弟兄，八字輕。

★ 一分鐘待命班！★

剛到待命班支援時，看到學弟們都在默背至少三十組的車牌號碼。

咦為什麼？

因為這些車號的長官車禁止檢查要無條件放行。

你知道我是誰嗎？敢攔我的車！

對不起長官！

傲慢！

泣錯，就是傲慢！為了長官方便，就讓整個營區陷入危機。

我常在想…如果哪個歹徒持刀挾持了這些腦滿腸肥的長官，

長官走！

長官慢走！

不法分子要滲透營區根本超簡單。

多年前成功突破某營區的歹徒被捕後這麼說：

國軍的錢最好偷啦！

你怎麼這麼清楚？

哇！

因為被突破的是我哥的部隊

當時還上新聞

哇靠！

啜泣

之後反滲透小組・天威部隊就經常報到喔 ♥

老媽我想當爽兵

而為了避免此情形，待命班就出現了被稱為「跳戰備」的安全防護機制。

在衛兵司令的哨音引導下，視不同危機去改變戰鬥位置。

嗶！——嗶！

※例如油庫失火、遭毒氣攻擊

這樣聽起來，待命班其實不輕鬆耶？

不只站哨就好

妳知道為什麼做「一分鐘待命班」嗎？

就是要我們一分鐘內，全副武裝、上好彈匣、集合並把危機搞定啦！

呵呵呵

天喔！

就如剛剛講的，我被督導後馬上就吹哨跳戰備了。

有夠衰的

嘿……所以你有跳到啊。

滿酷的耶！所以說，

你是跳什麼戰鬥位置啊？

148

坐在椅子上「假裝」發彈藥的彈藥兵。

來你的

+6

你的

+6

感覺好弱!!!

別人幸運？

真是的，我怎麼覺得你當兵都比

都沒出過什麼太嚴重的事情。

除了風災啦

是啊…

什麼好弱？我第一次跳戰備，他們怎敢把攻擊位置交給我啦？

奇怪耶妳！

還敢講！

再舉個好運例子。當兵會有所謂的兵籍資料袋。

不枉我每次放假回去都狂拜祖先…

原來是祖先保佑！

當時一起下部隊的同梯共十三人。

據說我們的命運是這麼決定的：

士官長，您覺得這十三個新兵要怎麼分配任務？

真麻煩，就這麼辦吧。

最上面的五疊去待命班。

中間三疊去伙房。

下面四疊去二級廠。

最下面的就當政戰吧。

我就是最下面那個。

最爽的政戰⋯⋯

祖先保佑啊啊啊啊啊！

這就叫同梯不同命。

★ 唉油？開始擺老了餒？ ★

感謝睫毛家列祖列宗保祐，

睫毛終於走到了這一天。

預休表

四五六日 休休
一二三四五六日一 退伍
休 休休

抖 抖

是的！
啊啊！再六天我就……

六天！

退伍了！

我決定今天起開始擺老！

反正只剩下六天嘛哈哈哈哈！

眞要擺不覺得太晚了嗎？

還不去站哨？
老了膩？

都只是妄想。

嗚嗚嗚…
啜泣

擺老，
老兵跟菜兵共通的最強必殺技能，
徹底發揮裝死、什麼事也不做的最高惹人厭境界。
但在睫毛部隊裡……

退伍當天我還站了兩班大門哨……

回想起來還是菜比巴的時候，跟朋友出門逛街，都會不自覺兩兩並肩對腳步。

而這種「當兵前智多星、當兵後派大星」的壞習慣，一直到了我要退伍的當天……

一是左腳、二是右腳啦！

都三年了還不會對腳步是怎樣？

蛤？我特地來接你耶？凶屁啊？

依舊改不過來。

無論如何…軍旅生涯帶給我很多辛苦卻美好的回憶，如今要離開了，真讓我捨不得…捨不得到讓我想要……

親愛精誠

頭也不回的神速衝出營區喔♥

嘿計程車！

快滾啦你!!!

那退伍了！

踏出營區後⋯⋯

只覺得這一年就像一場夢。

沒有太大的感傷與喜悅（真的）。

退伍後的感想？

嗯……其實我也沒有很想要這麼早退伍啦！

我很喜歡當兵呢！

哎呀！可惜規定時間到了就是得走，不然就留下來陪你們惹！

想想真後悔！當志願役就簽下去，唉現在早知道就簽下去，唉現在

嗯？你們臉色怎麼這麼難看？

爽—

退伍的人才有資格講的雞歪話。

什麼是「教召」呢？

常聽你們退伍後還說要「教召」，教召究竟是什麼？為什麼還要回去軍中？

教召全名為「教育召集」，士兵的話通常是以五天為一個單位回去重新入伍，這用意是「防止太久沒有接觸軍中技能，導致真正打仗時不會使用」，所以要定期讓我們這些退伍的人回去摸摸步槍、打打靶、消耗一些庫存的子彈(?)。

聽說退伍八年內會被教召四次，那為什麼有些人一直都沒有被教召？

根據軍種跟專長的不同，有些人的確可以免除教召，而有人雖然符合資格卻一直沒有被教召到，這種現象也的確是存在的。

不過據說只要中獎一次，接下來就會拚命被教召了……

「製作新的教召名單多麻煩啊？拿舊的名單交出去，這樣我上班就有更多時間喝咖啡看報紙啦！」

★ 萬事都搞定！ ★

教召會緊張嗎？

我這個有三次經驗的前輩，給你一些忠告吧！

咦什麼什麼？

睫毛你今天要回臺南教召，早點下班如何？

伊諾克

啊老闆，沒關係的。

我坐八點高鐵，時間很充裕。

屁股賣鄰兵，萬事都搞定。

駁回。

這事你居然幹了三次。

妳有想看到怎樣的趣事嗎？

我想想……嗯……果然還是那個吧？

哪個？

不過又要回去當兵五天耶！

應該又有趣事可以畫了吧？

同事・童童

那個 ♥

喔呀喔呀？學弟你想要這塊肥皂啊？

學、學長請還給我…

為什麼妳們都一個樣？

十月——教召入伍的前一天。

啾啾—

啾啾—

吶兒子，明天中午十二點就要去營區報到了，你打算怎麼過去？

怎麼過去？

啊不就騎機車？

嚼 嚼

可是明天大家都要上班，

所以沒人可以借你機車喔！

真的假的？難不成要我搭計程車？超貴的耶！

這樣的話…

嗯…

「・・・・雙腳步行」您覺得如何呢？

陸上自走胖水獺一號！

想都別想。

保重啊！

呵呵現在才七點多……

最後我只好跟一早要上班的老爸，提早四個小時進入營區。

嘛算了……

老爸上班辛苦，還要送我過來。

真是不好意思……

不過我應該是教召第一位到達的吧？哈哈七點耶

可惜！你是第四名！

第一名六點就到了喔！

幹不會吧？

中午十二點才集合，

清晨六點就給拎杯進營區的你究竟怎麼了？

害我沒拿到前三名獎品萬年曆。

★ 教召早到的好處！★

但是早點進營區，領到的裝備都很新，有問題也能馬上更換。

晚到只能挑破爛。

我的床是靠窗的！

噗滋—

躺在床上舒服睡到十二點吧！哈哈哈！

呼啊！現在才八點多！還好早！

嗯？

你還好吧？

燙燙燙哇咧幹！燙死人啦！南部太陽有夠毒！

你還好吧？

嗯…

為什麼會有
女兵在這裡？

難道說……？

不是老子又走錯
女兵大樓！

啊！

就是女兵跟
我們一起教召！

我是…

男的啦！

嘖嗯哦！呃男人
這麼漂亮、這麼
可愛、這麼萌的！

少唬爛我了
告訴你！

這種讚美
我一點也
不高興！

這是我的
兵籍資料！
看看名字！

這傢伙有著
超不搭嘎的
名字！

看看名字！

叫全名太繞舌了，
名字有個雄字……
那就叫 **雄美** 吧。

我不要！

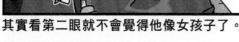

其實看第二眼就不會覺得他像女孩子了。

跟新訓相比差異很大，大家因為彼此不熟，幾乎都不交談。

沉～默～～

教召第一天早上，除了填寫資料跟領裝備之外，幾乎都沒事可做。

好無聊啊

真的幾乎沒事可做。

唯獨寢室的某個角落相當吵雜。

再過來我就要叫囉！嘻嘻嘻！叫破喉嚨也不會有人來救你的！

不過好像是我害的就是了。

綽號一下就傳開！

雄美～雄美～雄美美～

超噁的啦～不要再亂喊了～！

睫毛毛 壞·壞★

嘻嘻

我…我平靜的五天教召生活…

這一切的一切⋯⋯

都是你的錯！取什麼雄美啊！

混蛋！

生氣的樣子也有點像女孩子。

後來教召的同梯替我解釋：

他是怕你無法融入大家，所以取綽號好讓你跟我們打成一片啦！

!!!?

原、原來是我誤會了⋯⋯

哼少臭美！我才不是為了你呢！

➡真心話

實際上第二天起就沒人再叫過他雄美了。

睫…

睫…

啊等等等……接下來我可能會畫教召故事…所以還是低調一點好…吧？

接下來的時間，比較鄰近的人就會互相介紹跟取綽號。

所以我要怎麼稱呼你呢？

啊啊我朋友都叫我睫…

睫…

傑、傑克史派羅…呵呵

眼神飄

咦好酷喔！那不就強尼戴普？

船長耶！！

隨便吧…

黑眼圈！

耶！

巴掌攻擊倒數半秒。

不過為什麼會叫傑克史派羅？

…哪裡像？

當、當然是因為我們長得像啊！

注：生日禮物曾收到強尼戴普傳記。

164

★ 帥哥不會卍解！★

知道要教召時，我就很在意廁所的環境。

因為我只習慣一般的坐式馬桶，應該說非坐式不用。

但很不幸的，我們教召單位的廁所一律都是…

喀

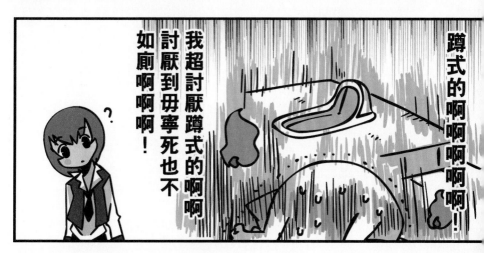

蹲式的啊啊啊啊啊！

我超討厭蹲式的啊啊討厭到毋寧死也不如廁啊啊啊！

？

哼沒關係…我睫毛什麼大風大浪沒看過…

不過區區五天，我只要牙一咬……

忍過去就好啦～

帥哥不會大便帥哥不會大便啦啦啦 ♪ ♫

最後第二天就破功。

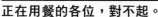
正在用餐的各位，對不起。

但是到了教召，行進時卻變得三三兩兩，

也沒人對腳步，導致整支部隊看起來超散漫。

服正規役時，部隊行進非常整齊劃一。

近看是很有魄力的。

雄壯！
威武！
嚴肅！
剛直！

可是你們教召，是有領薪水的吧？

這麼舒服的過了五天，你領了多少啊？

就像

惡靈古堡？

哇形容的真好。

唔喔喔喔

還是學園默示錄？

把我們繳的稅金還來！

就花了六百萬元。

什麼？那不就日薪一千多元！

嗯啊…而且聽說這次教召光是我們單位……

領了快六千…哈哈

假設全臺教召單位有十個……

教召第一天
整理完裝備後，

吵雜
喧鬧

便會帶到類似
禮堂的地方，
並且每人發放
一本——

志願役招募簡章。

現在大家手上
都有這張嗎？

現在志願役
很吃香的啦！

簽了之後
根本不用怕
外面不景氣！

三餐都由
國家餵養！

不絕

滔滔

起薪直接
兩萬八起跳！

半年後馬上升
三萬！外面工作
哪來架好康？

一樣！國軍直銷
公司講的話都一樣。

不過說是這樣說，

如果學長們
在外頭有什麼
四、五萬的工作…

請務必
介紹給我…

嗚嗚

嗚嗚…

招募人員講這種
話沒問題嗎？

旁邊的中校聽到後臉有夠臭。

★ 教召學長的恩賜！★

吶強尼（戴普），你聽說的教召是什麼情形？

聽說是整天閒閒沒事幹，一直在中山室電視看到飽。

聽完直銷傳教後，大家便被帶到連集合場。

好多人啊。

我們連上有一五〇人呢。

呃各位學長大家好，小弟是本臨時連的輔導長。

相信大家都聽說教召非常的爽。

是嗎？跟我聽說的一樣。

非常輕鬆

所以接下來要放我們去中山室自由活動了嗎？

興奮

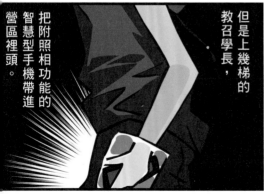

但是上幾梯的教召學長，

把附照相功能的智慧型手機帶進營區裡頭。

「本來」我們也準備了很多電影，要讓學長們在這五天好好放鬆。

「本來」？

然後打卡被抓到。

xxx在○軍基地打卡
52 讚　6 留言

這傢伙是**白痴嗎?!!**

最慘的是他還打了這段話被國防部看見。

媽的X，教召有夠爽
每天睡到自然醒，
都不用出操還電影看到掛。

白痴無誤啊啊啊啊啊！

所以國防部說我們都沒落實後備役操課…

相當震怒的說要來督導……

唉……

於是我們為各位想出最好的辦法，那就是……

推

精實的按表操課。

・槍枝大部分解
・清驗槍程序
・電子靶校正
・散兵坑挖掘訓練
・三行三進演練
・天山實距離打靶
・核生化訓練

我不要啦啊啊啊啊啊！

電影看到飽的時代過去了。

★ 警衛連最強王者！★

教召晚上有長達九十分鐘的休息時間，

很多人會看書、聊天打發時間。

而我們這一團則是…這一角落

比腕力！

放馬過來

噗滋

你以為你小傑，富力士喔？

你渾身肌肉多到快滿出來了！誰贏得了你啦？

哎呀放心啦

很快……

就不痛了。

我會死翹翹——啦!!!

不愧是工作做資源回收的，壯爆了。

你真的很虛耶，不然你自己挑對手嘛！

比如說雄美、雄美或是**雄美**啊！

像呆頭鵝的傢伙，我只要挑看起來滿有利的……

的確這樣對我自己挑喔？

很好！雄美你給我出來！一決勝負吧！

咦？我？

那個…因為工作關係，所以我還滿有力的喔…

沒關係啦！放馬過來就對了！

才——怪！

我當然知道你的職業力氣會很大！

所以這時候耍詐就對了！

等等倒數到兩秒的時候我就會發動攻擊！

管你是否跟鮑伯薩普一樣是人間兇器，也敵不過這魔王的一擊吧？

哈哈哈哈幹我好聰明啊！

倒數五秒！四秒！三秒！

173

警衛連最強王者誕生了。

休息結束後，晚上的行程安排了愛國教育，

除了看一些預錄的莒光園地，還會播放電影。

那天晚上，放映的是《角頭風雲》，而我的鄰兵是這種反應——

目不轉睛

全神灌注

放映結束後，他這麼對我說：

不覺得我很適合當**黑道角頭**嗎？

一點也不。

而隔天放的電影則是《特種部隊．眼○蛇的崛起》

看過了⋯

目不轉睛

他這麼表示：

不覺得我很適合當**特種部隊**嗎？

你不就是航空特戰部出來的嗎？

超容易受電影影響的一個傢伙。

撇開雄美外表很秀氣這點，脾氣也很隨和，相當受到教召同梯的歡迎。

雖然沒再把他當女生看了，但這世上真的有美少年啊……

就某種意義來說，他也算得上是全體男性公敵了。

嗯？

………。

怎麼會呢！我倒覺得很合我胃口啊！

呵呵呵呵…

你有那種傾向嗎？

仔細一看，你也有當偽娘的資質呢！

不過要先減肥就是了。

給我閉嘴

嗯心死了！

※平常帶隱形眼鏡

雖然只相處了短短五天，但這件事成為教召番外篇的契機。

老媽我想當爽兵！

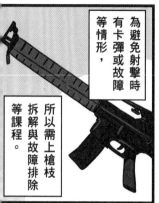

由於教召第五天全部隊要到天山實距離靶場，

槍枝拆解故障排除

進行一七五公尺
※六發裝實彈射擊訓練。

為避免射擊時有卡彈或故障等情形，

所以需上槍枝拆解與故障排除等課程。

※使用約民國 65 年左右製造的 65K1 步槍。

分解槍枝時，前後結合鞘⋯

噗唧

噗唧

然後槍背帶⋯咳，麻煩學長們不要睡覺。

呼啊⋯

噗唧

噗唧

我說雄美啊，從剛剛就一直噗唧噗唧的，你在做什麼啊？

都不會想睡喔？

嗯我嗎？

我在⋯⋯

拔雜草！

吃飽太閒沒事幹！

不只太閒
還中二病啊啊！
還有拿石頭在柏油路上刻塗鴉哦！
還愛心傘！

什、什麼沒事幹！我又不是只有在拔雜草！
不然還幹嘛？

國中二年級病。

譬如說……
玩「圈叉」啊……「賓果」啊……之類的……
眼神飄

就真的無聊嘛，在野外上課能打發時間的只剩雜草跟石頭啊。
是沒錯！但應該還有其他更有意義的遊戲吧？
譬如說呢？
譬、譬如……

…………。

嗚啊啊啊對不起！我錯了！我才是真正的中二病男孩！
其實我連筆記本都準備好要跟你玩了說！
不要用那種眼神看我！

★ That's party！★

180

拿了石頭跟大家玩起丟水瓶遊戲。

於是被懲處的雄美，

喧鬧

喧鬧

哦哦警衛連的最強王者！也許真能投出奇蹟般的旋轉球喔？

有道理

真是的！我又不是茂○吾郎！

沒否認最強王者稱號！

這瓶水

究竟是誰的？

不過，從剛剛大家就在討論…

咻！

咻！

不好意思各位學長，講到口乾請讓我喝個水。

?!!

你出來啊啊啊啊啊！！！！！！！

要說掰掰了嗎？

太棒了！這本書
總算是畫完了！
果然買醬油的我
沒有極限啊啊！

感謝大家
的收看！

咪哭我來了！！

咦等等等？
打靶呢？結束了？
你們教召
沒有打靶嗎？

啊！有喔有喔！
我們在天山實距離
靶場，發生了好多
有趣的事情呢！

哇好棒喔！那趕快
把它畫出來啊！

開槍的感覺很
棒喔，尤其煙
硝……

死水獺你又嫌步槍
麻煩不想畫了！

噴
沒錯，
打靶場面超難
畫，所以請大家
去網誌看吧。

付費
下載
追加內容

這次連否認都
不想否認喔？
付個屁啊！
給老娘免費！！

網誌全部都是免費的，請放心觀賞！

要說再見了呢！
有沒有什麼話想對大家說的呢？

從籌畫到現在辛苦了半年，最後有沒有什麼話想對讀者們說呢？

「注意！叫注意還動啊！」「懷疑啊!?」
「立正手貼好很難嗎？」「怪我囉？」
「慢慢來沒關係啊！」「走路不要拖地啦你殘障喔到底～？」「好了沒要多久？」
「幹敬禮給我點頭，當我死了膩？」

「手打直啦！!!!!!」

對、對不起各位親愛的朋友，因為這傢伙畫當兵畫太久，導致現在已經爬呆爬呆了……有機會的話我們下次再見囉！

若有什麼話想對睫毛說的，歡迎來信（johnnydoki@gmail.com）或是上網搜尋「老媽我想當禿子」給睫毛應援打氣喔！

不論您是買的、租的、天上掉下來的，或是垃圾桶撿到的，都打從內心感謝你們耐心的看到這一頁，縱使自己技術不佳還無法獨當一面，但未來還會繼續努力加油，若屆時大家還能夠偶爾給我一個小鼓勵，我想我會非常開心！謝謝你們！Love All！

Life 系列 013

老媽，我想當爽兵！

作　者—睫毛
主　編—陳信宏
責任編輯—葉靜倫
責任企畫—曾睦涵
封面設計—比利張
版面設計—比利張
校　對—睫毛、李玉霜、葉靜倫
出　版　者—時報文化出版企業股份有限公司
董　事　長
總　經　理—趙政岷
總　編　輯—李采洪

一〇八〇三　臺北市和平西路三段二四〇號六樓
發行專線—(〇二)二三〇六六八四二
讀者服務專線—〇八〇〇二三一七〇五・(〇二)二三〇四七一〇三
讀者服務傳真—(〇二)二三〇四六八五八
郵撥—一九三四四七二四　時報文化出版公司
信箱—臺北郵政七九至九九信箱
時報悅讀網—http://www.readingtimes.com.tw
電子郵件信箱—new-life@readingtimes.com.tw
第二編輯部臉書—http://www.facebook.com/readingtimes.2
法律顧問—理律法律事務所陳長文律師、李念祖律師
印　刷—和楹彩色印刷有限公司
初版一刷—二〇一二年九月二十一日
初版十四刷—二〇一七年三月十七日
定　價—新臺幣二四〇元
(缺頁或破損的書，請寄回更換)

時報文化出版公司成立於一九七五年，
並於一九九九年股票上櫃公開發行，於二〇〇八年脫離中時集團非屬旺中，
以「尊重智慧與創意的文化事業」為信念。

國家圖書館出版品預行編目資料

老媽，我想當爽兵！／睫毛　著
初版. -- 臺北市：時報文化, 2012.09
面；　公分. -- (Life系列；13)
ISBN (平裝) 978-957-13-5647-1

855　101017057

ISBN 978-957-13-5647-1
Printed in Taiwan